U0106046

表達能力大提升

我會說到做到

許萍萍　著

新雅文化事業有限公司

www.sunya.com.hk

小青蛙呱呱從來不怕下雨天呢。

他總是在雨下得很大的時候，到廣場四處閒逛。

「只要一下雨，廣場就會變成大海。」小青蛙呱呱對小蚯蚓説，「這片大海真大啊。有一次下雨，我還在廣場裏看到鯨魚呢！」

「真的嗎？」小蚯蚓非常吃驚，同時又感到羨慕。因為他從來沒有看到過鯨魚呢！

「下次下雨的時候，你可以到廣場看看。」小青蛙呱呱説。

　　從此以後，小蚯蚓記住了小青蛙呱呱的說話，一直盼望快點下雨。

　　終於，在一個星期天，雨嘩啦嘩啦地下起來了。

　　小蚯蚓跑到廣場裏，想看看廣場是怎麼變成海洋的。可是，他等呀等，從早晨等到傍晚，淋了一整天的雨，也沒看到廣場變成大海，更不要說有鯨魚出現了。

　　小蚯蚓回去的時候，遇見了正在廣場裏閒逛的小青蛙呱呱，便說：「小青蛙呱呱，小青蛙呱呱，你胡說。在下雨時，廣場根本就不會變成大海。」

　　「我……我也沒看到過變成大海的廣場。那天我只是隨便說說的，沒想到你信以為真了。」小青蛙呱呱說。

「那麼，你就是在胡説。」小蚯蚓很生氣。

「別生氣，小蚯蚓。不如我明天晚上請客，向你賠罪。你到我家裏來，讓我好好招待你。」小青蛙呱呱説。

小蚯蚓不作聲，算是答應了小青蛙呱呱。

第二天，太陽剛剛下山時，小蚯蚓就來到小青蛙呱呱的家。他還特地帶了一盒小青蛙呱呱愛吃的零食。

「咚咚咚！」小蚯蚓敲了三下門，卻沒看見小青蛙呱呱出來開門。

「咚咚咚！」小蚯蚓又敲了三下門，並大聲地喊：「小青蛙呱呱，小青蛙呱呱，快開門，我來了。」

但是，屋子裏仍然沒有一點動靜。

　　小青蛙呱呱的鄰居小鼴鼠對小蚯蚓說：「你別喊了，小青蛙呱呱今天下午出門去了。他說要在明天這個時候才回來。」

　　「可是，小青蛙呱呱明明跟我說好了，讓我今天來他家吃晚飯的。」小蚯蚓不滿地說，「他真是說話不算數。」

「小青蛙呱呱就是這樣，每次說話都隨隨便便，從來都不會認真地對待自己說過的話。」小鼯鼠搖了搖頭，「我已經不再相信他說的話了。」

「從現在開始，我再也不相信小青蛙呱呱說的話了！」小蚯蚓掃興地回家了。

過了三天，小青蛙呱呱跟小蚯蚓說：「明天是我的生日，我會舉辦一個生日會，你要來參加啊。」

　　「小青蛙呱呱，你又是隨口說說吧。我才不相信你會在明天舉辦生日會。我被你騙過好幾次了。這一次，我不會再相信你了。」

　　「小蚯蚓，我是認真的，絕對沒有欺騙你。」小青蛙呱呱着急了，「剛才小鼴鼠也是這麼說。我會改過，我一定會改過。我以後會說到做到，不再隨隨便便地胡說八道了。」

晚上，小青蛙特地寫了一張請柬給小蚯蚓。

「明天是我的生日，請你一定要來參加我的生日會。」小蚯蚓讀着請柬，決定再相信小青蛙呱呱一次。

第二天果然是小青蛙呱呱的生日。他在生日會上對朋友們說：「從今天開始，我會認認真真地說話，認認真真地做說過的事，說到做到，再也不會隨意胡亂說話，糊弄你們了。」

給父母的話

　　語言是人類最重要的交流工具，也是智力發展的基礎。幼兒時期是人在一生中掌握語言的關鍵階段，也是培養表達能力的重要時機。兒童要學會了說話，才能在與他人交流時，把自己心中所想的意思準確地表達出來。但是，孩子的表達力往往受到性格、語境、認知、經驗等影響。例如，有的孩子膽小、害羞，害怕與人交流；有的孩子性急、脾氣暴躁，說出來的話往往不太中聽；有的孩子認知不足，無法把事情清楚地描述出來；有的孩子不善傾聽，會打斷別人說話⋯⋯這些都阻礙了孩子培養良好的表達能力。

我們都明白，生活是語言的泉源，所以家長平時要豐富孩子的生活，為他們創設多聽、多看、多說的語言環境。例如，多為他們提供與同齡孩子交往的機會；多向孩子提問簡單有趣的問題，鼓勵他們思考和回答；在閱讀圖書時，多引導他們說一說畫面有什麼東西、下一頁的故事會怎麼發展等。

　　培養兒童的語言表達能力，雖然不是一朝一夕的事，但是只要家長能抓住讓孩子說話的契機，並積極引導他們，相信他們一定會敢說、願說、會說。

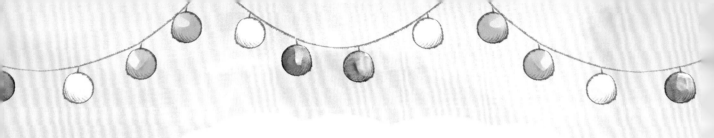

如何培養孩子的表達能力？

各位家長，培養孩子語言表達能力
的方法有很多，齊來看看以下引導孩子
說話的小提示吧！

1 讓孩子多聽、多看、多讀、多背。

2 啟發孩子敢說、想說、樂意說。

3 認真聆聽孩子的話，給予引導和正面回應。

4 正確、認真地回答孩子提出的問題。

5 注意日常用語，給孩子做好榜樣。

6 鼓勵孩子參與不同活動和遊戲，鍛煉口語溝通能力。

27

表達能力大提升

我會說到做到

作　　者：許萍萍
責任編輯：容淑敏
美術設計：劉麗萍
出　　版：新雅文化事業有限公司
　　　　　香港英皇道499號北角工業大廈18樓
　　　　　電話：(852) 2138 7998
　　　　　傳真：(852) 2597 4003
　　　　　網址：http://www.sunya.com.hk
　　　　　電郵：marketing@sunya.com.hk
發　　行：香港聯合書刊物流有限公司
　　　　　香港荃灣德士古道220-248號荃灣工業中心16樓
　　　　　電話：(852) 2150 2100
　　　　　傳真：(852) 2407 3062
　　　　　電郵：info@suplogistics.com.hk
印　　刷：中華商務彩色印刷有限公司
　　　　　香港新界大埔汀麗路36號
版　　次：二〇二三年二月初版

ISBN: 978-962-08-8174-9
Traditional Chinese Edition © 2023 Sun Ya Publications (HK) Ltd.
18/F, North Point Industrial Building, 499 King's Road, Hong Kong
Published in Hong Kong SAR, China
Printed in China